구 름

이문길 시집

브로콜리숲。

시인의 말

이제 시를 그만 쓰려고 한다.
왜냐하면 써야 할 것을
다 써버렸기 때문이다.

내 마지막 명시는
아내를 산에 두고 돌아오며 쓴 시다.

산

내 없이도 혼자 있겠나
돌아서 다시 묻는다
내 없이도 혼자 있겠나

차례

시인의 말

하나

둘

셋

넷

하나

구름 1

산 위에 있는 구름을 보면
알 수 있다
어디 갔다 오는지

매미 울고 귀뚜라미 우는 골짝에
누가 말없이 사는지

산 넘어 살다가
원통하게 산이 되어
말 없는 산

거기 같이 가자 해도
말 안 듣는 것이 있어
할 수 없이 혼자 온다는 구름

산 넘어오는
구름을 보면 알 수 있다

그 산속 어디서
울다 오는지

길

광릉수목원 지나고 봉선사를 지나
왼쪽으로 굴다리 아래를 지나가면
접동마을이 있고

그 마을 앞 산길 따라가면 마을 끝에
고철 비금속을 모으는 고물상이 있다

그 고물상 앞 작은 언덕을 넘어가면
일 년 내 물 흐르지 않는 커다란 개울이 있고
거기 언제나 백로 한 마리 앉아 있다

비가 와도 물 흐르지 않는 건천
거기 봄이면
다 늙은 벗나무에 벗꽃이 핀다

가도 쓸쓸하고
안 가도 쓸쓸한 산길이 가는 곳
길 끝나는 곳 거기 아내 무덤 곁에

14

누가 또 오는지 구덩이 하나 파여있다

웃고 떠들던 것이 모여있는 산골짝
일 년 내 조화 화안하게 밝은 산골짝
산구름이 말없이 지나가는 곳
바람이 말없이 지나가는 곳

오늘도 거기 가본다
옛날 임금이 자는 뒷산
길이 가다 자는 곳

낙엽

낙엽 밟는 소리
무섭다

내 늙어 빈 몸
낙엽 위를 걸어간다

내 발끝에 일어난 낙엽
무섭다

바람이 끌고 간다

하늘나라

잠 깨어보니
흘러가는 구름

그 구름 너머 보인다
보지 못했던 하늘나라

외딴집

저녁 무렵
낯선 마을 외딴집 곁을 지나다 보았다
뒤안을 밝히고 있는 화안한 햇빛을

흙벽에 걸려 있는
녹슨 쇠스랑이 삼태기
땅에 굴러 있는 소죽통

생각난다
옛 산골짝 외딴집
거기 겨울이면 굴뚝 뒤에
저희끼리 모여 놀던 아이들
그리고 거기 어디서 숨죽여 울던 아내

저녁 무렵 낯선 마을 지나다 보았다
사람 떠난 빈집
그 집 뒤안에 화안하게 밝히고 있는
저녁 햇빛을

구름 2

하루 종일 할 일 없이
세상을 떠돌다 오면
곁에 와 있는 푸른 하늘

나 멀리 안 가고
돌아왔다고
반갑게 맞아주는 푸른 하늘

나는 오늘도 본다
하늘에서 다 떠돌고
돌아가는 흰 구름을

바다

저녁답
바닷가에 서 있으면 들린다

물속에 잠기는
세상의 서글픈 소리를

세상에 있을 곳 없다고
우는 바다

저녁답
바닷가에 서 있으면 들린다

떠돌다 물속에 잠겨가는
세상의 서글픈 소리를

싫은 날

구름이 무서운 날
지붕 위에 와 있는 구름이 무서운 날

바람 소리 무서운 날
덜컹이는 창문 소리 무서운 날

저녁 늦게 위층에서 나는
젓가락 소리 무서운 날
바람 불어도 구름 안 가는 무서운 날

집 어디에도 숨을 곳이 없는 날
사는 것이 싫은 날

아닌가

나는 에 지금 존재하고
있는 것인가

아닌가

존재가 존재 가치가 있는 것으로
존재한다는 것은
존재 가치가 있어 존재하는 것인가

아닌가

아니고 존재 가치가 있는 것만큼
존재하는 것인가

우주에 존재하기 싫은 것은
존재하지 않는 것인가

아닌가

이승에서 쉬고 싶은 것은 이승에서 쉬고
저승에서 쉬고 싶은 것은 저승에서 쉬는가
무덤 속에서는 무엇이 쉬고 있는가

이 우주에는 존재하지 않는 것 외에
무엇이 존재하는가

나는 내 생명이 왜 항시 슬픈가
나는 왜 혼자 슬픈가
아픈 것이 슬픈 것인가

아닌가

거짓말

누기
김수환 추기경님을 보고
선생님은 5개 국어를 잘하신다고 하는데
무엇을 제일 잘하십니까 하고
물으니

추기경님이 웃으시면서
내가 제일 잘하는 것은 거짓말입니다
라고 말했다

나는 그 이야기를 듣고 처음으로
천주교의 추기경님이 좋았다
세상에서 하나밖에 없는 형님같이
좋았는데
한동안 지난 후에야 알았다

추기경님은 거짓말하고 싶은
사람이었다는 것을

벽에 붙어 있는 추기경님의 사진을
손으로 끝없이 더듬던
할머니의 손이 잊히지 않는다

해

케기 띠 잎신을 오늘 무렵
나는 늦은 아침을 먹고 다시 잠을 잔다

소용없는 세상일을 걱정하느라
밤에 잠을 제대로 자지 못했기 때문이다

내가 다 자고 깰 무렵
해는 서쪽 산언덕에서 자고
내가 다시 잠에 겨워할 무렵이면
해는 나보고도 못 본 척 산을 넘어간다

나 어릴 적부터 같이 다니던 해
안 보여 섭섭한 날은
해와 나 우주 어느 곳을 지나는지
알 수가 없다

세상은 왜 밝았다 어두워지는 것일까
해도 나같이 세상에 있을 곳이 없어

하늘에서 떠도는 것일까
해와 나 세상 뜨는 날은 언제일까
해 보고 물어도 대답이 없다

나 실눈 뜨고 잠든 체하며 해를 보다가
나도 모르게 잠들었다

낮이 지나가고 밤이 되어
하늘 다시 어둡다

청산

언제
저 산 흙 다 씻겨내려
청산이 될는지

흙물 다 흘러간 후 푸른 강이 되어
삿갓 쓴 뱃사공이 노 저어 갈는지

나 사는 곳
한평생 병풍같이 둘러서 있는 산
나 가고 난 뒤 누군가 남아 보는 산이 되어
물새 울고 까마귀 우는 명산이 될는지

생명 불 끄고도 혼자 있을 수 있는
청산이 될는지

겨울

겨울이면 듣는다

푸른 하늘에 흔들리는
나뭇가지 사이로
말없이 흘러가는
흰 구름의 소리를

겨울이면 듣는다
골짝마다 노잣돈 없다고
큰 소리로 떠드는 낙엽 소리를

길 위에 떠돌며
떠드는 낙엽 소리를

홍게

동해바다
주문진에서 온 홍게
얼음 위에 누워 긴 다리 움직인다

멀고 먼 바다 거기 가서 살고 싶다고
그 고향에 간다고
긴 다리 움직인다

타향

타향을 지나다 보았다
산골짝에 부모를 잃어버리고
사는 사람들을

그늘진 산 뒤쪽에
사람 안 사는 빈집도 있었다

거기 지나가다 보았다
부모들이 두고 간 집
부모를 잃고 남아 살고 있는 사람들을

모자

밋 이떠고
돈 주고 사노 그냥 주는 사람도 있는데
그렇게 생각하며 혼자 웃었다

새벽이면 산책하러 오는 할머니
신랑이 쓰던 여름 모자 두 개
세탁했다고 하며 주었다

헌 것이라 욕하지 말라고
했다

고마워라
세상에 이보다 좋은 선물이
어디 있으랴

집에 갖고 와 뒷줄 다 늘여도
모자가 작아
할 수 없이 머리에 얹고 다닌다

그리고 혼자 말한다
세상에서 버린 것
내게는 귀하다

하늘 1

오늘도 하늘을 보고 묻는다
이제 어디 가면 됩니까

하늘이 보지도 않고
말한다

하늘에는 갈 데가 없다

불쌍한 것

밤중에 자다가 일어나
내 발을 보고 놀랐다

퇴화하여 없어지려 하는
발가락 열 개

말 같이 발굽이 되었으면
조금 더 멀리 뛰어
달아날 수 있으련만

밤중에 보고 놀랐다
사람에게 붙어
서글프게 퇴화한 발가락 열 개

흐릿해야

흐릿해야
잘 보이는가

희미한 것

흐릿하게 서성이다
가버린 아내

지난 세월 더듬어 보아도
잘 안 보인다

장마 1

새벽에 비구름이 산에서 흘러나와
들녘으로 가는 것을 보았다

마을까지 내려와
개울을 건너지 못하고
머뭇거리는 것도 있었다

지난겨울 비워둔
들녘 농막에는
아직 인적이 없었다

아파트
어디선가
문풍지 우는 소리가 났다

안개 속에 산새가 울고
까마귀 까악까악 우는
소리가 들렸다

구름 3

잘 봐라
간다

안 봐도 된다

안 봐도
잘 간다

헛것

늙으면
헛것이 보인다

늙은 여인도
아름답게 보인다

오래 보면 아무것도 안 보이는
헛것인 세상

늙으면 보인다
헛것이 보인다

장마 2

비는 블프 비 오른 서녁납
낯선 산새 한 마리
창문 밖 실외기에 앉아 있다

세상 가는 길
잃은 것 같은 새
문 열어 화분 나무에 쉬게 하고 싶지만

혹시 길 없는 곳으로 날아갈까 싶어
그냥 두고 본다

언젠가 하루 밝을 것이 다 밝으면
없어지는 세상
나는 산이 다 어두워질 때까지
산만 바라보고 있었다

산새도 산이 다 어두워질 때까지
산만 바라보고 있었다

도토리

도토리 하나가
어떻게 산에 나서 산에 사는지

분갈이한다고
산에 가서 낙엽을 헤집다
반쯤 썩은 도토리에
파란 싹이 나와 있는 것을 보고

다시 낙엽 속에 묻어 주었다
그리고 봄이 오면 해마다
산을 바라본다

그 도토리가 나무가 되어
살고 있는지

아기

수아파 병동에 가는 엘니베이터를 타고 보니
조그마한 예쁜 여자 아기 하나가
아버지 가슴에 안겨 있었다

내가 아이고 예뻐라 하고 들여다보니
부끄럽다고 아버지 품속에 파고들어 나를 바라본다

내가 다시 아이고 예뻐라 하곤 들여다보니
아버지 등 뒤 겨드랑이에 파고들어 나를 바라본다

내가 심술궂게 아버지 등 뒤로 돌아가
아이고 예뻐라 하니 엘리베이터에 탄 사람
모두가 웃었다

그날 나는 종일 감사했다
세상에 사는 것이 즐거웠다

아내의 옷

헌 농짝 구석에
아내의 윗옷 하나가 있다

색 바랜
고동색 잠바다

한겨울 털모자 씌우고
휠체어에 태워
아파트를 돌며 입던 아내의 옷

아내가 잊어버리고 가서 그런가
농짝 구석에서
세월이 갈수록 작아지는
아내의 옷

산새 1

태풍 지나간 이튿날
지하 주차장 입구에서
죽어있는 산새 한 마리를 보았다

낙엽인가?
지나쳤다가 다시 돌아가 자세히 보니
내 어릴 적 벌거벗고 뛰놀던
머리가 털방우리 같은
작은 산새였다

잘 가거라 잘 가거라
슬픔에 젖어 그 산새를 풀숲에
던져 주었다

그 이튿날도 풀숲을 보며
잘 가거라 잘 가거라 하며
산새같이 울었다

물까치

기다려도 안 와
창문 밖 산을 바라보고 있었는데

오늘 2024. 10. 13. (금) 오후 4시
물까치 한 떼
우리 집 실외기에 왔다 갔다

지난해 살다간 자손들인가
옛 어미 살던 곳에
초가삼간 지으려나 기다렸는데

그 물까치 떼 안 오고
길 건너 다른 아파트로 돌아다닌다

찬 바람 불고 낙엽이 지고
가을이 깊었다
창밖 앞산에 첫눈이 내린다

개 밥그릇

이문길 시를
읽으면

헌 고무신 주고
엿 바꿔 먹는 것
같다

우리 집 암소
영천장에 팔려
가는 것 같다

나도 그런 시를
쓰고 싶은데
이문길 시인이 다
써 버렸다

〈해울음〉하며
〈개 밥그릇〉

그것은 꼭 내가 써야 하는데

−장마철
개밥 빈 그릇에
낙숫물 소리

*화가 성기열 선생님 작시

철탑

오늘은 어디 뻗어갔나
산 넘어가는 철탑 어디 가는지

산속에서 길 가다 잊어버려도
되겠네
철탑 따라가면 사람 사는 마을
만나겠네

밤이면 일찍 어두워지는 골짝
해지기 전에
가 봐야겠네

거기 가서 오래되어 잊어버린 사람
살고 있는지
내 세상에 와서 한 번도 보지 못한
사람 있는지 보고 싶네

산 위에 철탑을 보면
한 번 가 보고 싶네
산 넘어 누가 사는지

내 세상 오기 전
누가 왔다 갔는지도
알고 싶네

잠

한밤중 눈 떠보니
벽에 걸린 사진 속에
아내가 웃고 있다

나는 몰랐다
나 자는 동안 밤새도록 나를 보며
왜 웃고 있었는지

옛날 비 오고 바람 부는 날
마라도 선착장에서 손자와 셋이서
찍은 사진

그날 아내는 내 윗옷을 덮고
무엇이 그리 행복한지 웃고 있었다

밤이면 아내가 나 잠 깨도록
기다리고 있는 집
자고 싶지 않아도 자고

깨고 싶지 않아도 깨는 집

이승과 저승이 없는 집
세월이 가고 없는 집
한밤중 아내가 나 보고 웃고 있는 집

아침

아침이 되니
서글퍼라

날이 밝아
서글퍼라

찾아갈 것도 없고
두고 갈 것도 없고

서글퍼라
자고 나니 서글퍼라

서글퍼라
날이 밝아 서글퍼라

오래 산다는 것은

오래 산다는 것은
참으로 귀한 것이다

왜 사는지
모르고 사는 사람도 많지만

오래 산다는 것은
참으로 귀하고 귀한 것이다

봄

저녁 해 깊어지더니
봄이 왔네

못 볼 줄 알았던 봄

나 보러 먼 길 왔다고
내 무릎에 누워 자네

예술이란

예술이란
절망 허무 앞에 켜놓은
생명의 불빛이다

헤르만 헤세

쓰레기장에서
버려진 헤르만 헤세의
시집 한 권을 주웠다

옛날 생각이 나 갖고 와
헤세의 유명한 시 「안개」를 읽어보고
다음 것을 읽다가 그만두었다

우리나라 소월의 시 「엄마야 누나야」라는 시가
헤세의 시보다 훨씬 좋다는 것을 알았다

나는 우리나라 시인이 쓴 시가 세계에서
가장 좋은 시라는 것을 처음 알았다

어디 그뿐이랴
세계 어느 나라에서도 흉내 못 내는
「배비장전」「흥부놀부전」의 그 해학을 노래한
시인이 없다는 것도 알았다

누고

뒷문 밖 마을 정원에 갔는데
아주머니가 데리고 나온
강아지가 꼬리를 흔든다

내가 반가워 들여다보고 물었다
너는 누고
너는 왜 처음 본 나 보고 짖지 않고
꼬리 흔드노

쓰다듬으니 머리 숙이고
쳐다본다

묻고 들여다보고 다시 보고 쓰다듬고
묻는다

너는 어디서 왔노

산에 모여

죽음이 불편한 사람들
죽음이 불편하여
살아있는 것이 불편한 사람들

산속에 있네
모두 모여 말이 없네

무엇이 그리 불편하던가
살아서도 허송세월
죽어서도 허송세월

어디 갔는지 모르겠네
산에 모두 모여 아무 말이 없네
아무 소리 없네

셋

가을 밤중

내 잔못치여 김 신 오른 일
무엇 있는가
밤중에 집밖에 나와
하늘 앞에 서 있다

땅이 어두워질수록 하늘이 밝아지는
가을 밤중에

울고도 다 못 울어 깜박이는 별
안 떨어지고 남아있는
낙엽 있는가 귀를 기울인다

땅이 어두워질수록
하늘이 밝아지는 가을 밤중에

떡

노인 말을 잘 들으면
자다가도
떡이 생긴다는데

나는 아버지가
여섯 살 때 죽어
떡 생길 일이 없고

아버지보다 두 배 더 살아
물어 볼 곳이 없다

노인 말을 잘 들으면
떡이 생긴다는데

하나 남은 아들이 아직
말을 잘 안 듣는다

후회

나는 아내가 없어진 후
10년 가까이 되어서야 알았다

시 쓰느라 평생을 떠돌아
아내는 혼자 세상에 떠돌았다는 것을

웃풍

웃풍이 무엇인지 몰랐다
산골짝에 집 지어놓고 살면서도
웃풍이 무엇인지 몰랐다

그 후 이사 다니면서 살다가
아내 떠나보내고 알았다

웃풍은 하늘에서 부는
바람이라는 것을

눈 노래

허공이 있어야
눈이 오지

비 오고 바람 불지

그 허공 너머 허공 있어야
땅이 존재하고 생명이 있지

허공이 가득 차면
아무것도 살 수 없지

허공 없으면 오고 싶어도
생명 안 오지 못 오지

밤에 눈 떠보니
눈이 내리네
허공에 눈이 내리네

겨울이 가나보다
함박눈이 내리네

봄

봄인데도 춥비꼬
오리털 잠바 입고 털모자 쓰고
바람 부는 공원에 앉았으니
내가 도토리 빈집 같은 생각이 든다

한겨울 굴러다니다
돌 틈에 끼어 있는 빈집

추운 봄바람 부는 저녁답
마을 뒤 공원에 웅크리고 앉았으니

내가 떨어진 줄 모르는
솔방울 같은 생각이 든다

떠난 줄 모르고
땅에 남아있는 꺼먼 솔방울

까마귀

지붕 위에
상의 버리고 간 사람 어디 있는가

앙상한 나뭇가지 위로
떠도는 까마귀들

이른 아침 내 가는 길 앞에
허위허위 날아가는
까마귀 한 마리

길

기디 끄녀 시나쳤네
한 번쯤 돌아보면
좋았을 것을

지나와 안 보이네
보아야 할 것 안 보이네

개울물 흘러가는 소리 들리는
산모퉁이 흙길 돌아가니
생각나네

고향 떠난 지 오래되어
잊어버린 것들

한 번쯤 멈추어
돌아보았으면 좋았을 것을

오늘도 가야 할 길보다
두고 온 길 더 멀어
가던 길 그냥 가네

불쌍한 사람들

불쌍하니
하늘이 생명을 주었는데도
못 누리고 우는 사람들

발달장애인
지적장애인 사람들

잘 보아라
이 땅은 마귀 악마가 사는 곳이 아니고
생명이 사는 곳이다

나는 안다
더럽고 냄새나는 것도
모아두고 잘 썩으면 좋은 거름이 된다는 것을

생명은 그런 거름 위에 떨어져야
잘 살 수 있고
좋은 열매도 맺을 수 있다는 것을

우시장

우시장 뒷골목 돼지국밥집에
우시장에 웬 돼지국밥집이냐고 물으니

주인이 소국밥집을 하러 왔다가
소 우는 소리가 들려
소국밥집을 못 하고
돼지국밥집을 한다고 했다

나는 이 이야기를 듣고
옛날 언덕에 올라
바람만 먹고 살았다는 중이 자꾸 생각났다

산

높이 높아
가만히 있으니
여태까지 있지

가만히 있으니
평안하지

아무 생각 안 하고
나무는 나무같이 살고
풀은 풀같이 살고

땅은 땅같이 살고
구름은 구름같이 흘러가고
하늘은 하늘같이 말없이 있으니

산이 평안하지

산돌

산에 있는 돌은
모두 죽어 있다

돌로 부처를 만들어
살아 있는 것 같은 것도 있지만
산에 있는 돌은 나무뿌리 사이에 죽어 있고
낙엽 아래 죽어 있다

산에 있는 돌은
가자하고 굴리면 제멋대로 굴러
다시 낙엽 속에 묻힌다

산에 있는 돌은 모두
죽은 돌이 죽은 돌 말을 듣고 따라간 것 같다

산에 있는 돌은 돌이라 부를 수 없다
불러도 대답을 안 한다

노잣돈도 없이

오래 고생하던 아픈 아내
노잣돈도 없이 떠나고
내 등허리 가벼워졌는데

오늘 아침 신문 일진에
늙은 말이 무거운 짐 졌구나 하고 나와 있어
놀랐다

걱정이 되어
한의원 침대에 누워
내가 무슨 짐 지고 있는지 생각해도
알 수가 없다

생명 그것이 무어 그리 무거워
내게서 떠나지 못하고 남아 있는지
알 수가 없다

아무리 생각해도 모르겠다

이제 한겨울
노잣돈도 없이 바람에 소리 내며 굴러가는
낙엽이 되고 싶다

세한도

아무리 봐도
옛날 산골짝에 살던 우리 집 같다

브록크로 지은 집
고물상에서 사 온 헌 나무로 대들보를 올리고
헌 스레트로 지붕을 지은 집

부엌문 하나가 대문인 집
밤이면 하늘에 있는
별이 보이던 집
호얏불 끄면 산속 어디 있는지 안 보이는 집

아이들 학교 가고
아내 채소 반티를 이고 시장 가고
내 직장에 가고 나면 혼자 있는 집
이따금 나무꾼만 지나가던 집

나는 추사 선생이 산골짝 초가를 안 그리고
왜 헌 스레트로 지은 집을 그렸는지
알 수가 없다

우물이 없는 것을 보면
사람이 안 사는 창고 같다

어제 저녁답

어제 저녁답
뒷문 밖 공원에 갔다가
머리 없는 까치를 주워 낙엽 속에
묻어 주었다

그리고 이튿날 아침
공원 의자에 앉아 있으니
뜻밖에도 까치들이 몰려와서 깍깍 울며
고맙다고 인사를 했다

한겨울 나무들이
앙상한 가지를 흔들며 잘했다고 하고
그사이 흘러가는 흰 구름이 잘했다고
인사를 했다

나는 가끔 한여름 뜨거운 도로
뙤약볕에 반쯤 끊겨 몸부림치는
왕지렁이를 풀숲에 던져주고

태풍에 죽은 작은 산새를 주워
담 밑 수풀에 던져주곤 한다

차에 치여 죽어가는 고양이를
전봇대 아래 치워주고 있으면
사람들이 이상한 눈으로 보고 싫어하지만
나는 그렇게 안 할 수가 없다

오늘 시 쓰는 후배가 왔기에
한번 해보라고 했다

초파리

초파리가 아닌 파리인지
사람과 유전자가 거의 같다고 해서
어린이 곤충 도감을 보아도 알 수가 없다

도감에는 노랑초파리만
나와 있었다

TV에서 잠시 본 초파리는
똥파리보다 작고
머리는 똥파리보다 크고
양쪽으로 벌린 두 쪽 주둥이 사이로
흰 집게 같은 것이 나와 있어 무서웠다

코 밑에 있는 수염 같은 곳에
뻐드렁 이빨 같은 것이 무서웠다

나는 초파리가 왜 사람을 닮고
사람이 초파리를 닮았는지 알 수가 없다

나는 초파리를 본 후 문득

 사람이 똥파리보다 못한 것은 아닌가 하는 생각이 들

었다

죽을 때는 눈을 뜨고

옛날 『죽을 때는 눈을 뜨고』라는
수필집을 낸 적이 있다

나는 그때 책 제목은 무엇을 할까
고민하다가
'죽을 때는 눈을 감고' 라고 하면
여태껏 산 것이 억울한 생각이 들어 그만
'죽을 때는 눈을 뜨고' 라고 해버렸다

죽어 눈 떠보면 죽은 것이
보일 것 같아 그렇게 했는데
지금도 생각할수록 죽은 것이 어떻게
눈을 뜨는지 알 수가 없다

한평생 눈을 뜨고
무엇을 보았는지

눈 감으면 아무것도 안 보이는데 죽어

눈 뜨고 무엇을 보려 했는지 알 수가 없다

한숨

산을 오르다 보면
무덤 하나가 있어 한숨 한 번 쉬고

다시 산을 넘고 산을 넘어가다 보면
무덤이 모여 사는 동네가 있어 한숨 한 번 쉰다

산에 가면 오를 때 한숨 한 번 쉬고
내려올 때 한숨 한 번 쉰다

산에 갔다 와서 산을 보면
숨 안 쉬는 골짝만 보인다

산에 갔다 와서 산을 보면
쉬는 한숨 끝이 없다

밤

아이들은 오늘 밤 이니서
자고 있을까

아이들은 아이들을 데리고
어디서 자고 있을까

산골짝 외딴집에
한밤중 아이가 울면
아내가 잠재우고

그 아이가 울고 난 후 다음 아이가
울면
아내가 다시 잠재우고

하늘에 있는 별들처럼
산골짝 외딴집 처마 밑에 자던 아이들

아이들은 아이들을 데리고 어디서

자고 있을까
우는 아이들을 잠재우며
자고 있을까

슬픈 구석

사람도 살다 보면
슬픈 구석이 안 잊히고 있다가 생각나듯이

강아지도 살다 보니 사는 것이
슬픈 구석이 있는지
한밤중 눈 뜨고 나를 보고 있다

강아지도 어미 형제들 생각나고
태어난 고향이 생각날 때가 있는가 보다

이사 와서 살다 보니
자꾸 남의 집 같은 곳에 살고 있다는
생각이 들듯이

강아지도 주인이 아무리 귀여워해도
사는 것이 남의 집 같은 생각이
들 때가 있나 보다

나무

나뭇가지 전지를 하고 나면
다시 나뭇가지가 나고

소용없는 늙은 나무를 잘라버리고 나면
나무 그루터기에서 갈 곳을 잊어버린
어린나무가 자라고

그래서 세월은 어디서 이어가고
어디서 끝나는가
오늘 땅에 사는 나무들이 슬퍼 보인다

무엇 하러 꽃피고 열매 맺는지
슬퍼 보인다

거기

아내가 살고 있는 곳은
마을 입구에 누가 심었는지 단풍나무 세 그루가 있고

그 마을 집 뒤안을 지나가면
길 끝에 여름이면 물 흘러가는 소리 들리는
작은 개울이 있다

그 개울 건너편에는
매년 해거리 안 하는 밤나무 네 그루가 있고
겨울이면 눈이 하얗게 쌓이는 집에는
조화가 꽂혀 있다

제비꽃이 피고 도롱뇽이 살고 사마귀가 사는
그곳 가는 길은
빨리 가나 늦게 가나 매한가지이다

나 거기 갈 때에는
아내가 잊어버리고 간

겨울 잠바를 갖다주어야겠다

금강산

옛날 금강산에 갔다가
엘리베이터 안내원 아가씨가
너무 예뻐서

내가 나중 좋은 사람 만나
시집가서 잘 살라고 하자 고맙다고
고개 숙이고 인사하던 일이 생각난다

그 아가씨 지금도 살고 있는지
하늘에 있는 별들처럼
혼자 반짝이며 살고 있는지
아니면 별똥별이 되어 산 위로 지나갔는지
보고 싶다

금강산 하면 구룡폭포가 생각나고
여행객 총각이 땀수건을 빨자
성내어 못 빨게 하던 처녀 안내원이 생각나고
경상도 청년이 그러면 더운데 어떻게 하느냐고

성내자 대답 못 하던 일이 생각나 웃는다

한없이 맑던 금강산 목욕탕 물
해금강에 갔을 때 산 구석 포대에서
하나같이 열심히 바다를 바라보던 북한 군인이
생각난다

왜 아직 전쟁이 안 일어났는지 모르겠다

그림자

앙상한 나무 사이로
한 사람이 지나가고
그 사람 뒤를 바삐 따라가는
그림자

나무 사이로 가지 사이로
잃을세라 바삐 가는 두 그림자
해 질 무렵 황토 언덕을 넘어간
두 그림자

한밤중에도 잊히지 않는다
바삐 도망가고
따라가던 두 그림자

서너 번

한방병원 간호 보조원 아가씨에게
그만 고생하고 시집가라고 했더니
시집갔는데 또 가라고 한다며 웃었다

마스크를 쓰면 예쁘고
마스크를 벗으면 못난 간호 보조원 아가씨
고생하는 모습이 정겨워 다시 말했다

이왕 한번 시집갔으니
서너 번 더 가라고 했더니
놀라지도 않고 또 웃었다

산새 2

산새가 되고 싶다

사람 사는 마을 멀리 떠나
산에서 혼자 찌익찌익 우는
산새가 되고 싶다

하루 종일 다니며 울어도
들어주는 소리 없는 산

울고 나서 귀 기울여도
아무 소리 없는 산

산속에서 허송세월하며
찌익찌익 우는 새

이제 듣고 싶다
우느라 내 소리 듣지 못한
내 소리 듣고 싶다

혼자 찌익지익 우는
산새가 되고 싶다

탯줄

나는 아직 모르겠다

탯줄이 어떻게 태반에 붙어
아이가 태어나는지

그 태반이 어디에 붙어 있다가
떨어지는지

모르겠다 아내는 태반을 다섯 번이나
떼어 내고도
살 수 있었는지 모르겠다

산골짝 외딴집에서
한밤중에 넷째가 세상에 나올 때
나는 처음 손으로 받아보았다
가위를 촛불에 달구어 탯줄을 끊었다

나는 그 탯줄을 집 앞 산에 묻었는데

아내는 어떻게 태반을 혼자 낳아
어떻게 했는지 모르겠다
나는 지금도 태반을 다 떼어내고도 아내가
어떻게 살 수 있었는지 알 수가 없다

나는 지금도 그때 태어난 아이들이
어떻게 세상을 살아가는지 지켜보고 있다
밤중에 일어나 생명이 어디 있다가
세상에 왔는지 하늘을 바라본다

모르겠다
땅에는 탯줄 끊어진 생명이 가득하고
하늘에도 탯줄 끊어져 혼자 빛나는
별들로 가득한지

하늘 2

잠 깨어 보니
누군가 나
허공에 두고 갔네

하늘을 바라본다
거기
누구 없소

까치가 지나가며
말한다

거기
아무도 없소

알 수가

나무는 하나님이 만들었지만
사람은 그 나무로 의자 같은
가구를 만든다
의자는 누가 의자를 만들었는지
알 수가 없다

새가 새를 만들고
짐승이 짐승을 만들고
풀벌레가 풀벌레를 만들고

사람도 사람을 만드는데 사람은
무엇 하러 사람 같은 것을 자꾸 만드는지
알 수가 없다

성묘 이야기

아내 산소에 갈 때마다 빈자리가 남아 있어 나중 누가 와서 이웃이 되려나 걱정했는데 오늘 아파트 화단에 있는 푸른 제비꽃을 갖고 와 심고 있으니 웬 여인 셋이 와서 위 무덤에 성묘를 했다

그중 한 여인이 내 비명에 씌어 있는 '아아 알고 보니 이 적막도 주인이 있어 내 것이 아니고 하늘의 것이구나' 하는 글을 보고 보통 시가 아니라고 하며 서정주 선생님 이야기를 하기에 내 은사 선생님이라고 하니 놀랬다

그래 마침 차에 있는 내 시집 세 권과 지난달 내가 난 《월간조선》 한 권을 주었더니 너무 좋아하며 싸인해달라고 하여 내가 그런 것은 못 한다고 해도 자꾸 해달라고 하여 할 수 없이 아무렇게나 싸인해 주었다

그 여인이 우리 묘 옆자리도 예약해 두었다고 해서 나중 저승에서 싸우지나 말자고 하니 절대 안 싸운다고 하며 예수를 믿으라고 했다

나는 어제도 한 여자가 예수를 믿으라고 하더니 또 믿
으라고 하는구나 하고 한 번 믿어볼까 생각을 했다 나
는 천당에 누가 내 갈 자리를 만들어놓고 기다린다고
해도 안 간다는 말을 하고 싶었으나 못 했다

그 여인이 나 보고 자꾸 인상이 좋다고 하여 내가 남편
이고 아내고 다 버리고 둘이서 천당에서 한번 만나자
고 하여 같이 웃었다

나는 그날 집에 남아 있는 제비꽃을 심어 주기로 약속
하고 헤어졌다 멀리서 왔다는 그 여인을 한 번 더 만나
볼 수 있을지 모르겠다

팔공산

대구 팔공산 동화사 골짝
개울가에 도방을 하고 있는 서 선생

한 달 전까지
전화로 사람 사는 얘기 했는데
오늘 전화해도 내가 누군지 모른다

옛날 같이 근무할 때부터 지금까지
한번 만나자고 하면서
한 번도 만나지 못했던 서 선생

늦게 장가가고 자리 잡아
불교 제기 구우며 살아 안심했는데
오늘 전화해도 내가 누군지 모른다

아무리 큰 소리로 얘기해도
내 소리 잘 안 들린단다

한겨울 불로동 입구 포장마차에서
참새구이에 소주 한잔하던 일이 생각난다

팔공산 동쪽 갓바위 가는 길에 사는 서 선생
이제 내가 누군지 모른다
거기 집 앞 개울물 흐르는 소리만 들리는 것 같다

낙산사

집에만 있는 내가 걱정되는지
아들이 동해바다 구경 가자고 해서
속초까지 간 김에 낙산사에 갔는데

옛날 낙산사 불타 없고
새로 지은 커다란 기와집 지붕 위에 솟아 있는
부처 머리 위로 흘러가는
한 조각 흰 구름만 보고 왔다

옛날 아내와 양구에 군 복무하는
아들 면회 간다고 가다가
동해 낙산사 아래 바닷가에서
해옥이란 목걸이를 샀던 곳이 어디인지도
알 수가 없었다

그날 기념으로 낙산사 입구에 서 있는
소나무에서 솔방울 하나 따고
속초시장에서 물메기탕이 어떤 것인지

포장해 사왔는데 반쯤 먹다 버렸다

동해바다에 가면 바다에 볼 것 없는 줄
알면서도 낙산사까지 갔다 돌아왔는데
나는 저녁 내내 거기 어디에
아내를 두고 온 것 같아 슬펐다

눈

눈 오다

동쪽 산 뒤가 갑자기 어두워지고
서쪽 하늘 밝더니

날 어두워지자
눈 온다

눈 펑펑 쏟아지면 생각나는
산골짝 우리 집
눈 속에 안 보이던 집

늦게 퇴근하고 돌아오며
보려 했던 호야불 하나

지금은 없어진
거기 가 보고 싶다

눈 펑펑 내리는 날이면
눈 속을 걸어 거기 가 보고 싶다

여인

나에게도 보고 싶은 여인이 하나 있다
다 늙어 무슨 여자인가 하고 욕하겠지만 있다

산책로 끝 김동욱 헤어 미장원 창문에
붙어 있는
머리 산발한 커다란 얼굴의 외국 여자다

나는 처음 바람에 머리 산발한
그 여인이 무섭고 싫었다
그러나 시간이 지나자 이상하게 나도 모르게
자꾸 쳐다보게 되었다

어느 날 미장원 남자 주인이 내가 무엇을
그리 자꾸 보는지 밖에 나와 보다가
내가 무엇을 보는지 모르고 들어갔다

나는 요즘 그 여인이 자꾸 보고 싶다
그 여인도 나 오기를 기다리며 입 벌리고 있다가 지나가면

내 등 뒤에서 슬픈 눈으로 나를 바라본다

나는 요사이 사는 것이 즐겁다
머리 산발한 그 여인이 나 오기를 기다리고
있기 때문이다

벌리고 있는 입속에
대문니 네 개가 아름답다

천생연분인 것 같다

인왕산

길 가면서도 몰랐다

인왕산이 북한산
어디에 붙어 있는지

병원 가느라 북한산 뒷길 지나고
구파발 지나고 은평 가는
길목을 지나면서도
인왕산이 어디 있는지 알 수 없었다

옛날 학교 다니느라
우이동 뒷골목에 살면서
한번 가보고 싶었던 정릉이
동쪽에 있지 않고 왜
해 지는 서쪽에 있는지 알 수 없었다

북한산 지나 병원에
갔다 오면서도 몰랐다

길 위에 길이 생기고
둘레길이 생기고 집들이 들어와 있어
알 수 없었다

북한산 소나무는 바람 불어도
왜 울지 못하고
인왕산 어디에 호랑이가
담뱃대 물고 숨어 있는지
알 수가 없었다

사람 없는 길

새김 신 보러고
뒷문 밖으로 나왔더니
마을 뒤 개울까지 와 버렸네

시든 갈대 숲에 살던
겨울 물오리 떠나고 없네

사람 없는 길 간다고
고개 숙이고
뒷문 밖 나왔더니

들녘 끝에 있는
빈 산 어두워지네

구 름

2025년 6월 06일 초판1쇄 발행

지은이 이문길 **펴낸이** 김성민 **기획위원** 장옥관 **편집디자인** 김경자

펴낸곳 도서출판 브로콜리숲 **출판등록** 제2020-000004호
주소 41743 대구광역시 서구 북비산로 65길 36, 2층 **전화** 010-2505-6996 **팩스** 053-581-6997
홈페이지 www.broccoliwood.com **인스타그램** broccoliwood_ **전자우편** gwangin@hanmail.net